Le Pelerinage
de Mariage.

LE PELERINAGE

DE

MARIAGE

FARCE A .V. PERSONNAGES

C'eſt a ſcauoir :

Le Pelerin
Les trois Pelerines
Et le ieune Pelerin.

Se vend place du Louvre
chez Techener Libraire.

SOIXANTE ET SEIZE EXEMPLAIRES.

N^o

Paris, Typ. A. PINARD, quai Voltaire, 15.

LE PELERINAGE

DE

MARIAGE.

a cinq perfonnages.

La viele Pelerine comence.

Or allons a noftre voyage
Que l'on apelle mariage.
Ieunes filles en ont defir.
La deuxieme Pelerine.
D'y aller m'eft vn grand plaifir
Et pourtant partons de ce lieu.
La troifieme Pelerine.
Puys que c'eft le plaifir de Dieu
Ie m'y veulx mectre par chemin
Gardant noftre nect parchemin
Moyennant la verite diuine.
Le viel Pelerin.
Tant plus en ce monde chemine
Poure pelerin douloureux
De mariage langoureux

Dont ic ne puys trouuer la fin
Et fy ne fcay homme fy fin
Qui a cheminer n'en fuft las.

La deuxieme Pelerine.

Ma mye donnons foulas
Voecy vn pelerin qui vient.

La premiere Pelerine.

Quant ie le voy y me fouuient
D'vn homme qui eft fort laffe.
Il a eu quelque lieu paffe
Tant eft rompu en fes habis !
Bon foyer mon amy.

Le viel Pelerin.

Et a vobis.

La deuxieme Pelerine.

Cela eft latin.

Le viel Pelerin.

I'en faictz rage.

La premiere Pelerine.

Or fa ! de quel pelerinage
Venes-vous?

La viele Pelerine.

Ic viens de fy loing
Qu'i n'eft de la dire befoing.

La deuxiemē Pelerine.

Dictes la nous.

    Le viel Pelerin.

Le grand voyage

Que l'on apelle mariage.

    La premiere Pelerine.

Nous y allons.

    La viele Pelerine.

Dieu vous conuoyee !

    La deuxieme Pelerine.

Ie vous prye monftres nous la voyee

Par ou y nous fault aller.

    La premiere Pelerine.

Y fault y aller fans parler.

    Le viel Pelerin.

Nenin les femmes pas au moins.

    La deuxieme Pelerine.

Et les hommes.

    Le viel Pelerin.

Ne plus ne moins.

Ie ne m'y voulus confentir

Et fy eft permys de mentir

En y alant.

La premiere Pelerine.

En mariage

Y parle l'en mauuais langage ?

Eſt-il mal eſſe a comprendre ?

Le viel Pelerin.

Nenin vous le pourès aprendre.

Incontinent ie l'ay ouy.

La deuxieme Pelerine.

Et qu'i fault y dire. ?

Le viel Pelerin.

Ouy.

Y n'y a aultre choſſe a dire

Que ce mot la.

La premiere Pelerine.

Eſcouſtes syre

Y peult-on venir a cheual ?

Le viel Pelerin.

Les vns y vont a grand cheual

Cuydant trouuer leur cas a poſte

Mais tel fouuent y court la poſte

Qui a pie euſt eſte trop toſt

Mais le voyage eſt ſy deuoſt

Qu'i tarde a chaſcun qu'i n'y ſoyt.

La deuxieme Pelerine.

Puys que tel bien f'y aperfoyt

Allons-y.

Le viel Pelerin.

Ales de par Dieu !

La premiere Pelerine.

Le lieu eft-il beau ?

Le viel Pelerin.

C'eft le lieu

Ou il y a plus de debat.

Que di-ge non non plus d'efbat

Qui f'y fcayt bien contretenir.

La deuxieme Pelerine.

Ie ne me feroys plus tenir

D'y aller.

Le viel Pelerin.

Ales a la bonne heure.

Se ie vis auant que ie meure

Ie vous veoray en bonne encontre.

La premiere Pelerine.

Mais dictes-nous f'il en rencontre

Qui nous fift le chemin faillir.

Le viel Pelerin.

Et ouy bien qui vouldroict faillir

Dehors des termes de raifon
Car y fault en toute faifon
Aler toufiours le chemin droict
Car qui aultre chemin tiendroict
Au lieu d'aller a mariage
On f'en yroit a male rage
Ou bien ont lieux par dela.

La deuxieme Pelerine.

Dieu nous gard d'aler iufques la
Car la failiroyt nos iournes.

La premiere Pelerine.

Trouuerons-nous pas des monnoys ?

Le viel Pelerin.

Ouy ouy d'afes bien adieuffes.

La deuxieme Pelerine.

Et de quoy ?

Le viel Pelerin.

De menus pences
Que femmes ceuillent vn petiot
Et tant poyres de chiot
Chia brena tati tata
Ie veulx cecy ie veulx cela
Tant de parolles ennuyeuffes.

La deuxieme Pelerine.

Cela font poyres trop fafcheuffes.

Y ne fentent point leur framboyfe.

Le viel Pelerin.

Et mon Dieu! qu'i y a de noyffes

Sans les noys auffy les noyffetes!

Non pas auec jeunes filletes

Comme vous poinct on n'y en menge.

La premiere Pelerine.

Eft-il verite?

Le viel Pelerin.

Poinct n'en menge.

Oultre il eft ordonne de Dieu

Que pelerin qui va au lieu

De mariage & la f'encline

Y achete auec fa pelerine.

Les ordonnances en font telles.

La deuxieme Pelerine.

Or ca! combien fe vendent-elles?

Le viel Pelerin.

Combien? autant fotes qu'apertes

Quatorze denyers.

La premiere Pelerine.

Non plus?

Le viel Pelerin.

Non certes

Car ainſy eſt le traict merche.

La deuxieme Pelerine.

En bonne foy c'eſt bon marche.

Le viel Pelerin.

Selon les hommes le guerdon.

Aux vns ouy aux aultres non

Synon qu'eſt la femme ie dis.

Les vns y treuuent paradis

Les aultres enfer par mon ame !

Et tel ſouuent y crye a larme

Qui l'aloyt aſaillir d'emblee.

Le ieune Pelerin.

Dieu gard ceſte noble aſemblee !

La premiere Pelerine.

Et vous.

Le viel Pelerin.

Et vous.

La deuxieme Pelerine.

Et vous.

Le ieune Pelerin.

Ou alles-vous ?

La premiere Pelerine.

Mais dictes-nous
Ou d'aller aues entrepris.

Le ieune Pelerin.

I'ey fans penfer d'eſtre reprins
Entreprins le pelerinage
D'aler tout droict en mariage.
Voyela ou giſt tout mon foulcy.

La deuxieme Pelerine.

Nous l'auons entreprins auſſy
Et du chemin nous enquerons
Et au pelerin requerons
Qui en vient qu'i nous dict que c'eſt
Mais ie voys bien qu'i ne luy plaiſt
D'y auoir prins chemin.

Le ieune Pelerin.

C'eſt vn brouilleur de parchemin
Vn rafote qui n'en peult plus.
Ales prier Dieu au furplus
Nous paſſerons dorefnauant.

Le viel Pelerin.

Hardy ! mectes la plume auant
Iamais iouee ne vous ceſſera.
Et mon Dieu ! qu'i fe laſſera

Premier qui foyt troys ans paffes !

Le ieune Pelerin.

Ces vieulx font rompus & caffes

On leur veoyt prefque le cerueau faillir.

Non non f'on me vient afaillir

I'ey bon bafton pour moy deffendre

Ferme & fort pour piquer & fendre.

A ! ie ne crains nul affaillant.

Le viel Pelerin.

Il eft vaillant comme Roullant.

Saincte dame ! qu'il eft hardy !

Y fera tant acouardy

Mais que fon bourdon foyt laffe

Le mien eft rompu et caffe

Tout verd moulu depuys long temps.

Le ieune Pelerin.

Sy ces vieulx en font mal contens

Fault il les ieunes defgoufter ?

Non non y les fault deboufter

D'vn coup.

Le viel Pelerin.

Regardes que vous feres

Gentil Hercules defires.

Atendes iufques a demain.

Le ieune Pelerin.

I'ey bon pie bon oeuil bonne main
Pour bien fcauoir defcroter cotes.

Le viel Pelerin.

Oliuier baille luy fes botes
Y tura Karefme prenant.

La troifieme Pelerine.

A ! dea nous auons maintenant
Qui nous affeure.

Le ieune Pelerin.

Se viellart
Nous veult vfer de fon viel art
Mais y luy fault monftrer les dens
Que ne me fourmaffe dedens
I'aymeroys myeulx auoir

Le viel Pelerin.

La taigne.

O gentil Artus de Bretaigne
Gentil Hector mifericorde !
Gardes la noix de voftre corde.
Vous pouries bien chermer le trect.
Sy veult cheminer sy eftroiet
Y fe laffera pour complaire.

Le ieune Pelerin.

Mariage a chafcun doyt plaire
Car ie dis que fil euft defpleu
A Dieu y ne luy euft pas pleu
D'en faire le commencement.
Aufy fift-il fe facrement
Au lieu de paradis tereftre.
Par quoy ie dis qu'il ne doibt eftre
En cet eftat vefperiffe.

Le viel Pelerin.

Et f'il a efte fy priffe
De Dieu ce que ie ne crus onques
Que ne fe mariet-il donques?
Ma foy y n'eftoyt pas fy nife.

Le ieune Pelerin.

Tes toy que Dieu ne te puniffe.
C'eft trop babille et trop dict.
Que ie foye de Dieu

Le viel Pelerin.

Mauldict!
Car c'eft afes de voftre femme

Le ieune Pelerin.

Garde toy de fumer diffame
Et n'en dis rien que bien apoinct.

La premiere Pelerine.

Un coeur qui d'amour eſt eſpoinct

Et peult mariage choiſſir

Je croy que de douleur n'a poinct

Y chantent   Puys qu'il eſt beau a mon plaiſir.

Le viel Pelerin.

Voſtre plaiſir quant on a le loiſir.

Mariage eſt mygnon & gent

On ne feroyt meilleur choiſir

Y chantent   Quant la nuict eſt venue.

Le ieune Pelerin.

D'argent ne fault eſtre fergent.

Quant telle ioee eſt auenue

On prent vn plaiſir refulgent

Y chantent Mais que on ne baillaſt poinct d'argent.

Le viel Pelerin.

La nuyct bien fouuent par la rue

Tout mary on fent la froidure

Femme mule regibe & rue

Y chantent   Tant comme la nuyct dure.

La troiſieme Pelerine.

La nuyct nul mal on n'y endure.

C'eſt de plaiſir une mont ioyee.

On n'y feroyt trouuer laidure

Y chantent   Quant on y prent foulas & ioyee.

Le viel Pelerin.

Soulas & ioyee mais rabat ioyee

Menafe le plaifir affolle.

Penfes-vous que croiere on vous doyee?

Y chantent   Nenin ie ne fuys pas fy folle.

La premiere Pelerine.

Sy folle! c'eft fimple parolle.

Ia a voftre dict n'entendray.

C'eft verite ou parabolle

Y chantent Ne me chault mon plaifir prendray.

Le viel Pelerin.

Voftre plaifir ie refpondray

Que noyfe n'y vault rien fans debat

Autant vauldroict eftre enfondre

Y chantent   Sy i'eftoys ale a l'efbat.

La troifieme Pelerine.

A l'efbat! on y va fans fabat

Mais vn tas de mal-gratieux

Veulent tous feruir au rabat

Y chantent Dont y n'en feroyent valoir myeulx.

Le viel Pelerin.

Valloir myeulx & compaignon vieulx

L'ordre de menage eft fouldaine.

Ie tiens pour fol et glorieulx

Y chantent Celui qui la tient pour certainne.

La deuxieme Pelerine.

Pour certainne & au demainne

Et au iardin a bonne choffe

Florift ermerye mariolainne

Y chantent Et auffy faict la paffe-roze.

Le viel Pelerin.

La paffe-roze & ie propoze

Qui foyt vray le dirai-ge ? ita

Tant d'efpines dont chanter n'offes

Y chantent Confommo l'annee victa.

Le ieune Pelerin.

Onc bon coeur ne f'en defpita

Au moins fy fe veult faire valloir

Qui y entre fon delict a

Y chantent Comme vn amoureulx doibt auoir.

Le viel Pelerin.

Auoir mariag faict beau veoir

Mais du menaig n'a poinct d'enuye

Toufiours donner fans recepuoir

Y chantent Ie croys que i'en perdray la vye.

La premiere Pelerine.

La vic en vient ou f'en defuye

Mon coeur en a ioyeuſſete

Car quant l'ordre eſt bien feruye

Y chantent   Y rauerdiſt franc ioyeuſſete.

Le viel Pelerin.

Ioyeuſſete tant eſt frete

Chagrin y eſt ie vous promays.

Sy i'en fors yuer ou eſte

Y chantent   Jamais ne m'auiendra iamais.

Le ieune Pelerin.

Iamais c'eſt vn gracieulx mes

Que de ris a n'en doubte mye

Car g'y chanteray deformais

Y chantent   Mais oublier ne la puys mye

Le viel Pelerin.

Mye & ſy ta femme te maiſtrye

Va-t-en ia n'yra apres toy

Et n'es pas peur qu'elle te dye

Y chantent   Mon bel amy atendes-moy.

La deuxieme Pelerine.

N'eſſe pas plaiſir par ta foy

Que mariage on ne peult myeulx.

Telle leeſſe au monde ie ne voy

Y chantent   Pour en auoir ſon petit coeur ioyeulx.

Le viel Pelerin.

Ioyeux ioyeux voyere iufques aux cieulx
Hely! hely! laffama bethany?
Pauure grand bien & thefor gracieulx
Et mon las coeur de tout plaifir bany
Et ie vous prye n'en parles plus huy
Vous ny elle ne luy.
On n'y tient pas ce qu'on promect
Car de grand folye f'entremect
Qui fe chaftye par aultruy.

Le ieune Pelerin.

Sans mariage on ne feroyt
Iamais tout bien fe defferoyt
On n'auroyt amys ne parens.
Se font termes bien aparens
Qui diroyt que non fol feroyt.

Le viel Pelerin.

Les vns y viuent a fouhaict.
C'est vn mignotis vn iouect.
Aultres y vont a la trauerfe.
Contre fortune la diuerfe
Vn chareftier rompt fon fouet.

La premiere Pelerine.

Efcouftes que dire ie veulx.

Pourquoy fiftes vous donc des veulx
Pour enfin vous en repentir ?
Tel fuict qui tient par les cheueulx.

Le viel Pelerin.

S'aucun y faict plus qu'i ne peult
L'vn y eft effe l'aultre f'y deult
Griffon y rue doulx eft moreau
Car entre cy et sainct Marceau
Chafcun n'a pas argent qui veult.

Toutes trois enfemble.

Alons! alons! laiffons lay dire.

Le viel Pelerin.

Ie ne vous en veulx pas defdire.

Le ieune Pelerin.

Or ne m'en viens donc plus parler.

Le viel Pelerin.

Et f'y vous y voules aller
Ales-y donc n'y ales pas
Coures n'y marches petit pas
Recules avances-vous fort
Fuyes mectes-vous en effort
Et aportes le pot au laict.

La deuxieme Pelerine.

Voccy vn terible poullaict.

Nous yrons en pelerinaige
Maintenant.

Le viel Pelerin.

Vous feres que faige.
Mais regardes quelle promaiſſe
Vous feres deuant que ouir meſſe
A la grand porte de l'egliſe.

Le ieune Pelerin.

Et ie promectray a la guiſſe
Des aultres.

Le viel Pelerin.

Sans tendre gluotz
Y ſ'y prend beaucoup de dyotz
De coqus & de pauures beſtes.
Il y fault penſer.

La premiere Pelerine.

Tu t'abuſſes.
Pour mariage entretenir
Ne pouroyt pas bien tenir
Foy et loyaulte.

Le ieune Pelerin.

A iamais
Car ie tiens ce que ie promais
Sans rompre.

Le viel Pelerin.

Luy ! Ia n'aura courage
D'aler rompre fon mariage.
Garde n'aues qu'i f'y efforce
Mais de luy donner quelque efcorfe
Ou le ployer ie ne dis pas.

La troifieme Pelerine.

En toy n'a reigle ne compas.
Sa femme ne fault eftranger
Ne fy hardy de la changer
Ne pour pire ne pour meilleure.

Le viel Pelerin.

Changer ! vray Dieu a la male heure
S'on les changeoyt comme les mulles
Que de contras & que de bulles !
Les tauerniers auroyent bon temps.

Le ieune Pelerin.

Tire trop babille entens
Tu me faictz fol deuenir.

Le viel Pelerin.

Puys voecy menage venir
Qui chantera de belles notes.
Auoir fault des robes des cotes
Habis de teftes et gorgeretes
Chaines qui ne font pas legeres

Bordures carqueus pierreryes
Et toute belle orfavreyes
Y n'y fault pas faillir a cela.

La premiere Pelerine.

Va! va! viellard iamais tant ne regna
Fuy-t'en de nous fans plus atendre.

Le viel Pelerin.

Puys y fault au repas entendre
Pain vin cher poueffon et cherbon
Boys poys febues & du lard bon
Tables fcabelles & traicteaulx
Chandelles torches flambeaulx.
Entendes-vous bien ce que ie dix?

Tous enfemble.

Et va! va! c'eft vn paradix.

Le viel Pelerin.

Ouy fy Dieu y eftoyt & fes anges.

Le ieune Pelerin.

Onc ne vis choffes fy eftranges.
Tes-toy.

Le viel Pelerin.

Rien ie ne vous celle.
Y fault auoir de la vefelle
Pouelles pouellons gates chauldieres

Cramilles & chandeliers
Efcuelles plas pintes egeres
Trancheur gardenapes faliere
Et la mengeure des cheuaulx.

Le ieune Pelerin.

Ia ie n'y auray telz trauaul .
Ne m'en viens pas cy tracaffer
Iamais ne me feroyt laffer
I'en fuys certain & affeure

Le viel Pelerin.

Ie l'auoys en ce poinct iure
Mais

Tous enfemble.

Quel mais

Le viel Pelerin.

Ie ne vous dis rien.

La deuxieme Pelerine.

Rien c'eft vn fouuerain bien
Que d'aller en pelerinage
A ieunes gens en mariage.
Nous irons il eft conclus.

Le viel Pelerin.

Et ie ne vous en parleray plus
Et tout ce que vous en ay dict

Se n'a pas efte par medit
Mais affin de vous aduertir
Sy vous y voulles conuertir.
Il y a des empefchemens
Bien fouuent aulx entendemens
Mais il fe fault tourner vers Dieu
Et premyer qu'entrer au fainct lieu
De mariage il fault crier
Et a haulte voix Dieu prier
Et pour prendre pofeffion
Faire une proceffion
Sonnees a tres belles fonnetes
Puys nous dirons noz chanfonnetes.

Ilz chantent tous enfemble vne chanfon.

Le ieune Pelerin.

La proceffion eft fonnee.
Ceulx qui ont leur amour donnee
En mariage entendes bien
Le profit l'honneur et le bien
Qui en ce bel ordre & requis
Il a affes qui l'a acquis.

Le viel Pelerin.

La proceffion commence.

Entre nous tous ioyeulx yrons

Entre nous tous tant las ferons
Puys apres nous le dirons
Puys aprez nous en repartirons.

Tous enfemble en tournant a la falle.

Sancta bufecta   recules de nobis.
Sancta fadineta   aproches de nobis.
Sancta quaqueta   ne parles de nobis.
Sancta fachoffa   ne fafches poinct nobis.
Sancta grondina   ne touches nobis.
Sancta fumeta   ne mefpriffes de nobis.
Sancta tempeftata ne tempeftes pas nobis.
Sancta gloriofa   ales loing de nobis.
Sancta mignardofa recules de nobis.
Sancta bouffecta   aproches de nobis.
Sancta ialoufia   recules de nobis.
Sancta chia brena ne faches pas nobis.
Sancta merencolia n'aproches de nobis.
Omnes fancti frenaftifes libera nos domine.

De femme plainne de tempefte
Qui a une mauuaiffe tefte
Et le cerueau contamine

Enfemble : libera nos domine.

Des hommes qui vont au matin
Aulx tauernes parler latin

Et ont soublz la table urine
       Libera noz domine.
De femme qui fa la & court
Et tient fon mary de fy court
Comme vn fot emonbeline
       Libera nos domine.
Des homnes qui par ieutz mefchans
Vendent leurs robes aulx marchans
Pour eftre au ieu trop obstine
       Libera nos domine.
De femme qui a les doys menus
Courte mamelles & nes camus
Le faict bien fans lict encourtine
       Libera nos domine.
Des hommes qui par un miftere
Trop fouldain font leur femme tere
Et ont le cerueau obftine
       Libera nos domine.
De femme trenchant du gros bis
Qui defpendent tout en abis
Que le mary eft mal dine
       Libera nos domine.
D'vn homme qui a droict cheuauche
Et fa femme cheuauche a gauche

C'eſt tout a rebours chemine

   Libera nos domine.

D'aller fans chandelle aulx retrais

Et f'afouer fus vn eſtron frais

C'eſt pour eſtre bien embrene

   Libera nos domine.

  Oreſmus.

Que nous ayons tous bon courage

Contre tourmens de mariage

Entre nous qui y fommes enclos

   Te rogamus audi nos.

Quant la femme tempeſte & tence

Que le mary ayt patience

Et quelque petit de repos

   Te rogamus audi nos.

Que ſes braqueurs efperlucas

Coureurs fringans efperlucas

Qui font rage de caqueter

Pour bien du tout les areſter

De bref puiſſent eſtre des nos

   Te rogamus audi nos.

Quant nos femmes nous tenceront

Tant aux iniures qu'ilz nous diront

Qu'il y ayt quel peu de repos

   Te rogamus audi nos.

Qu'aultres ne leurs batent les cus
Et facent leurs maris coqus
En faisant la befte a deulx dos
       Te rogamus audi nos.
Quant nous viendrons de quelque afaire
   Que nos femmes se puiffent taire
   Et qu'ilz ayent toutes le bec clos.
       Te rogamus audi nos.
Deffens nous de leur malle tefte
Mulerye tenfon & tempefte
De leur bec gryz ongles y ergos.
       Te rogamus audi nos.
Que les deulx nouueaulx efpoufes
Se trouuent fy bien difpofes
Quilz puiffent en leur mariage
Produyre bon et beau lygnage
Et viure enfemble longuement
Puis en la fin eft fauluement
Auec Dieu en celefte enclos.
       Te rogamus audi nos.
Fil d'eftoupe fil de Lyon
Fil d'Eftampes fil d'Auignno
Fil de Gibrey fil de Paris
Fil noeir fil vert auffy fil gris

Fil d'ozeille & fil de lin
Fil de foeir fil de matin
Fil de Rouen fil de Loüiers
Fil fille en d'aultres cartiers
Fil fille en la bauache
Fil de fil fille d'eftriuache
Fil de dedens fil de dehors
Fil qui trauaille tant le corps
Fil de iaulne et fil de fil pers
Fil double a coultre a l'enuers
Fil blanc a ouurer maintenant
Fil a mectre coulleurs deuant
Fil fille d'une damoyfelle
Sage gratieuffe & belle
Fil fille de ieunes filletes
Qui ont les mains ainfy doulcetes
Fil fille pour finir par tout.
De tous fes filz ie fuys au boult.
Or ne parlons plus de ces filz
Mais refiouyffons noz efpritz
En prenant conge de ce lieu
Vne chanfon pour dire adieu.

Finis.